QUESTIONS À POSER À VOTRE AMOUREUX

Questions couple très personnelles

En couple, il y a des questions qui paraissent essentielles pour avancer ensemble, elles concernent la vision que son partenaire a du couple d'une relation sentimentale, de l'amour. C'est de cette façon qu'on sait si on est compatibles, si l'autre voit les choses de la même manière que nous. Et donc s'il sera possible de se projeter à deux. Évidemment ce sont des choses qui se découvrent et s'apprennent avec le temps, en s'apprivoisant, mais en parler est important. On le sait, rien ne vaut une bonne communication au sein du couple.

Questions Pour Couple

Te sens-tu aimé(e)

Questions Pour Couple

À quel moment de notre relation t'es-tu senti le plus aimé(e) ?

Questions Pour Couple

As-tu entièrement confiance en moi ? Pourquoi ?

Questions Pour Couple

Penses-tu que j'ai entièrement confiance en toi ?

Questions Pour Couple

As-tu peur que je te trompe ?

Questions Pour Couple

As-tu peur de me tromper un jour ou l'autre ?

Questions Pour Couple

Quelle est la dernière fois où tu as ressenti de la jalousie ? Pourquoi ?

Questions Pour Couple

Est-ce que tu as l'impression que des fois le fait d'être en relation à distance te limite dans ta vie sociale et professionnelle ?

Questions Pour Couple

Regrettes-tu d'avoir débuté cette
relation à distance ?

Questions Pour Couple

Qu'est-ce qui te fait douter dans notre relation à distance ?

Questions Pour Couple

Quelle est la chose que tu aimes le moins dans une relation à distance ?

Questions Pour Couple

Quelle est la chose que tu préfères dans une relation à distance ?

Questions Pour Couple

Comment est-ce que je pourrais t'aider davantage dans tes projets ?

Questions Pour Couple

Ou et quand allons-nous revoir les deux prochaines fois?

Questions Pour Couple

A-t-on un budget suffisant pour nous revoir prochainement ?

Questions Pour Couple

Comment pourrait-on épargner ou économiser de l'argent pour nos retrouvailles?

Questions Pour Couple

Comment peut-on améliorer notre communication ?

Questions Pour Couple

Où en sont nos habitudes de communication (fréquence, outils, etc.) ? Devrait-on les changer?

Questions Pour Couple

Qu'aimerais-tu apprendre sur moi que tu ne sais pas déjà?

Questions Pour Couple

Qu'aimerais-tu que l'on découvre tous les deux ?

Questions Pour Couple

Quelles idées d'activités ou de rendez-vous virtuels aimerais-tu que l'on essaye ?

Questions Pour Couple

Quels sont les prochains évènements et
les prochaines fêtes que nous pourrions
célébre ?

Questions Pour Couple

Quel est le prochain cap à franchir pour avancer vers la fin de cette relation à distance ?

Questions Pour Couple

Quel est l'objectif principal de notre couple ?

Questions Pour Couple

Vivre une relation à distance est plus facile ou plus dur que ce que tu pensais ?

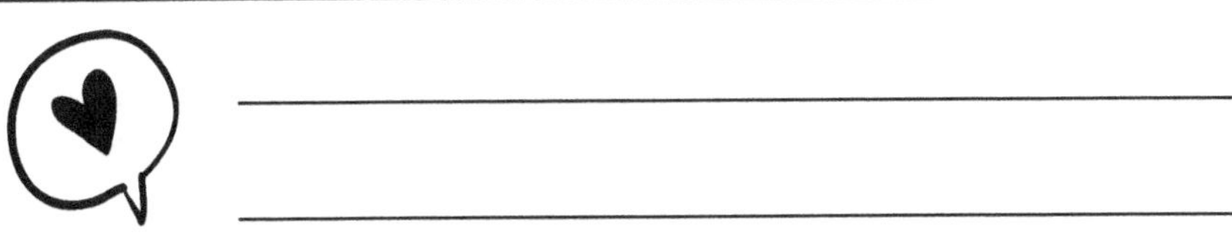

Questions Pour Couple

Quelle est la plus grande faiblesse de notre couple ?

# Questions Pour Couple

Où sera-t-on dans six mois ? Un an ? Deux ans ?

Questions Pour Couple

Où aimerais-tu être dans cinq ans ? Dans dix ans ?

Questions Pour Couple

Quand aimerais-tu que l'on en finisse
avec la distance ?

Questions Pour Couple

Qu'en penses-tu raisonnablement que l'on en finira avec la distance?

Questions Pour Couple

Est-ce que tu trouves que je
m'implique assez dans notre couple ?

Questions Pour Couple

T'impliques-tu entièrement dans notre relation ?

Pourrait-on faire plus d'efforts pour réduire la distance ?

Questions Pour Couple

Est-ce que tu as hâte que l'on vive ensemble ?

Questions Pour Couple

Crois-tu en l'amour à distance ?

Questions Pour Couple

Si un(e) de tes ami(e)s hésitait à débuter une relation à distance, que lui recommanderais-tu ? Pourquoi?

Questions Pour Couple

Quels conseils donnerais-tu à quelqu'un qui débute une relation à distance ?

Questions Pour Couple

Laquelle de mes qualités préfères-tu?

Questions Pour Couple

Quel est le trait de caractère que tu préfèrerais que je n'aie pas ?

Questions Pour Couple

Est-ce que ta famille te soutient dans cette relation à distance ? Pourquoi ?

Questions Pour Couple

Est-ce que tes amis te soutiennent dans ta relation à distance ? Pourquoi?

Questions Pour Couple

Depuis le début de notre relation as-tu le sentiment que notre couple ait grandi ? Comment ?

Questions Pour Couple

As-tu le sentiment d'avoir appris des choses au travers de cette relation ? Quoi ?

Questions Pour Couple

Qu'aimerais-tu changer dans notre couple ?

Questions Pour Couple

Qu'aimerais-tu changer chez toi ?

Questions Pour Couple

Qu'attends-tu le plus pour les mois et années à venir ?

Questions Pour Couple

Quels sont nos objectifs de couple pour les mois à venir ?

Questions Pour Couple

Es-tu épanoui(e) malgré la distance ?

Questions Pour Couple

Nomme une chose que tu as déjà faite et que tu aimerais ne plus jamais avoir à refaire?

Nomme mon pire défaut

Nomme ma plus belle qualité

Questions Pour Couple

De quelle façon aimes-tu recevoir de l'affection?

Questions Pour Couple

Nomme une chose que tu aimerais faire qu'on n'a jamais faite ensemble?

Questions Pour Couple

Que ferais-tu avec 1 million de dollars en ce moment?

Questions Pour Couple

C'est quand la dernière fois que tu as pleuré?

Questions Pour Couple

Si tu pouvais visiter n'importe quel endroit dans le monde, où irais-tu?

Questions Pour Couple

Qu'est-ce qui t'a fait tomber amoureux de moi ?

Questions Pour Couple

Raconte-moi ton moment le plus heureux depuis le début du confinement?

Questions Pour Couple

La maison passe au feu. Après avoir sauvé les gens que tu aimes et tes animaux, qu'est-ce que tu apporterais d'autre?

Questions Pour Couple

Quelle est la chose la plus
touchante que j'ai faite pour toi?

Quel était ton premier film préféré, quand tu étais enfant?

Questions Pour Couple

Selon toi, quel est ton plus grand talent?

Questions Pour Couple

As-tu déjà été jaloux? Si oui quand?

Si tu pouvais changer une chose de ton enfance, qu'est-ce que ce serait?

Questions Pour Couple

Quelle est la chose que tu aimerais
absolument accomplir avant de mourir?

Questions Pour Couple

Où t'imagines-tu vivre durant ta retraite?

Questions Pour Couple

Quelle est la plus grande leçon que tu vas tirer de cette quarantaine?

Questions Pour Couple

Comment envisages-tu la vie de couple en général ?

Questions Pour Couple

Pour toi, la solitude est-elle importante dans un couple ? Si oui à quelle fréquence ?

Questions Pour Couple

En pleine dispute, comment réagis-tu ? Par l'isolement, la communication ou la colère ?

Questions Pour Couple

Quelle est ta définition de l'infidélité ?

Questions Pour Couple

Selon toi, quelle a été la chose qui m'a le plus séduit chez toi au début de notre relation ?

Questions Pour Couple

Quelle est la qualité la plus importante pour toi dans un couple ?

Questions Pour Couple

Qu'est-ce qui t'a fait tomber amoureux(se) de moi ?

Est-ce que tu penses que je suis la bonne personne pour toi ?

Questions Pour Couple

Est-ce que tu aimerais changer quelque chose chez moi ? Que ce soit sur mon caractère ou mon physique ?

Questions Pour Couple

Si on t'offrait la possibilité de faire le voyage de tes rêves avec moi, où irait-on ? Comment vois-tu ce voyage ?

Questions Pour Couple

Quelle place donnes-tu au plaisir
dans une relation amoureuse ?

Questions Pour Couple

Quel est ton plus grand fantasme ?

Questions Pour Couple

Selon toi, quelle doit-être la fréquence des rapports intimes dans un couple ?

Questions Pour Couple

Crois-tu que le plaisir personnel puisse nuire à une relation de couple ?

Qu'est-ce que tu préfères dans notre vie intime ?

Questions Pour Couple

As-tu déjà fait semblant ? Si oui, pourquoi ?

Questions Pour Couple

Est-ce avec moi que tu prends le plus de plaisir ? Ou était-ce avec l'un(e) de tes ancien(ne)s partenaires ?

Questions Pour Couple

Quelle est la partie de mon corps
que tu aimes et que tu désires le
plus ?

Questions Pour Couple

Y'a-t-il quelque chose que tu n'as jamais osé me dire sur notre vie intime ?

# Questions Pour Couple

Quelle est ta plus grande faiblesse ? Ta plus grande force ?

Questions Pour Couple

Quel est ton plus grand regret ?

Questions Pour Couple

L'argent est-il quelque chose de
primordial pour toi ?

Questions Pour Couple

Quelle est, aujourd'hui, ta plus grande inquiétude ?

Questions Pour Couple

Comment réagirais-tu face à la maladie ? Si tu étais malade, ou si c'était moi ?

Questions Pour Couple

Quelle est la meilleure chose qui te soit arrivée ?

Questions Pour Couple

Quelles sont, pour toi, les valeurs les plus importantes ?

Questions Pour Couple

Comment réagirais-tu si je me disputais avec un membre de ta famille ?

Questions Pour Couple

Quelles sont les personnes les plus importantes dans ta vie ? Pourquoi ?

Questions Pour Couple

As-tu déjà eu honte dans ta vie et de quoi ? Qu'as-tu fait pour surmonter ce sentiment ?

C'est normal si certaines de ses réponses
vous surprennent.
Après tout, vous n'êtes pas censé être
capable de lire dans ses pensées.
Néanmoins si vous avez ressenti un malaise
à l'évocation de certaines questions, il peut
être judicieux de revenir en arrière et d'en
parler à nouveau, afin d'éviter une
potentielle dispute.
Si vous réussissez à vaincre les tabous et à
apporter des réponses concrètes, alors vous
vous sentirez bien plus soudés et motivés.

BONNE
chance
À TOUS